AF268357

ÉTUDE

SUR

MOLIÈRE

PAR

M. LOUIS NOËL

TOULOUSE

IMPRIMERIE JEAN PRADEL ET BLANC,

PLACE DE LA TRINITÉ, 12

1861

ÉTUDE SUR MOLIÈRE

Ingenium naturæ par.....

Parmi les siècles littéraires qui excitent notre admiration, le XVIIe est assurément le plus célèbre et celui qui mérite le plus d'être étudié; il a fixé pour toujours notre belle langue, il a atteint l'apogée de l'éloquence, il a produit une foule de chefs-d'œuvre, honneur et orgueil de la France; il ne cessera donc de briller d'un immortel éclat. Mais de toutes ces grandes figures, de toutes ces gloires, dont le rayonnement nous éblouit, l'une des plus imposantes et des plus populaires est celle de Molière. En effet, cet étonnant génie résume en lui le sel d'Aristophane, la force comique de Plaute, la délicatesse de Térence; disons mieux, il fait revivre et il surpasse les plus célèbres satyriques et les plus célèbres moralistes.

Nous étudierons successivement, dans cette esquisse, les causes qui ont développé son rare talent, c'est-à-dire ses amis, sa connaissance de l'antiquité, sa qualité d'acteur, sa supériorité sur Plaute et sur les auteurs de comédies, anciens et modernes, et enfin le genre de son esprit.

Celui que le ciel a destiné à être poète se forme souvent sur les genoux de sa mère, qui se plaît à cultiver la richesse de son esprit et la sensibilité de son cœur. A la voix maternelle, ses mains se joignent pour prier et bénir le Créateur. Plus tard, lorsque son intelligence est développée, ravi d'admiration, il contemple la splendeur des cieux, les magnificences de la nature, il entend le bruit harmonieux des sphères qui se meuvent dans les régions infinies de l'espace ; puis, quand le jour de l'inspiration est arrivé, il laisse tomber de sa lyre les sons les plus mélodieux qui puissent ravir l'oreille de l'homme.

Molière n'a pas été formé ainsi ; il a considéré la nature humaine dans sa nudité, et non, comme la plupart des poètes, sous son aspect poétique et idéal ; il l'a étudiée scrupuleusement et l'a dépeinte telle qu'elle est ; au lieu de méditer Virgile, il a approfondi Lucrèce, et même dans le choix des fragments latins qu'il a traduits, il montre le goût dominant qui le portait à rechercher la réalité en toutes choses.

Nous voyons Molière, dans ses études, lire l'éloquent interprète du philosophe de Gargette ; dans ses amusements et bien jeune encore, passer son temps auprès de quelques esprits délicats, tels que Bernier, Chapelle, Hesnault, tous disciples de Gassendi. Ce dernier, rival de Galilée et adversaire redoutable de Descartes, transmit à Molière ses pensées sur la pure morale des anciens et son dédain raisonné pour l'absolutisme de la philosophie régnante. De telles leçons animèrent sa causticité naissante contre les préjugés ; ce fut pour lui une heureuse chance de rencontrer Gassendi, qui encouragea toutes ses tendances naturelles.

Analysons maintenant l'esprit et les productions des amis de Molière, qui exercèrent une certaine influence sur son génie.

Bernier parcourut, à l'âge de vingt-cinq ans, la Syrie, l'Égypte, l'Inde ; il a fait un récit délicieux de son voyage ; jamais il n'est au-dessous des choses qu'il veut peindre ; il réunit la finesse de l'esprit à la solidité du jugement. Saint-Évremont le nommait le *joli philosophe*.

On peut aussi appliquer ce mot à Chapelle, cet esprit si fin, si original, si judicieux, qui vivra toujours par son charmant voyage fait avec Bachaumont ; ses poésies respirent la douceur et la grâce ; on croit voir un convive aimable se livrer à la gaîté de sa verve étincelante. Chaulieu, l'Anacréon du temple, vit Chapelle à Anet, ce sanctuaire de volupté, et ce maître lui apprit

> « L'art d'attraper facilement,
> Sans être esclave de la rime,
> Ce tour aisé, cet enjouement
> Qui seul peut faire le sublime. »

C'est peut-être à Chapelle que nous devons Chaulieu, ainsi que son ami Lafare, et tous ces vers enfants du plaisir et d'une rime facile ; on dirait que le pétillement du champagne a fait mousser leur esprit et éclore, sous leurs plumes fertiles, de délicieuses poésies négligées.

Hesnault écrivit aussi des poésies légères, si légères même, que sur le déclin de l'âge il jugea convenable de les détruire ; il ne nous reste de lui que la traduction en vers d'*une Invocation à Vénus*, et dans la reproduction fidèle de ce magnifique passage de Lucrèce, il se montre grand poète.

Tout ce qui nous reste des productions des amis de Molière, montre qu'ils faisaient consister la sagesse, non dans le dédain ou le mépris des jouissances, mais dans la haine des excès ; ils étaient disciples d'Horace et pratiquaient les conseils épicuriens que ce poète donne dans ses œuvres diverses. N'est-il pas permis de penser qu'avec cette pléiade d'écrivains d'une origine assez vulgaire, Molière développât son mépris pour la noblesse, son horreur pour le faux bel esprit, et qu'il puisât, au milieu de ces libres penseurs, cette indépendance qui fait le fond

de son génie? Car ce grand satirique ne semble pas res-
pirer l'atmosphère du xviie siècle; il reste étranger à la
polémique religieuse qui préoccupe si vivement la plupart
des illustrations contemporaines; il marche seul, ou plutôt
entouré des amis que nous venons de passer en revue; et
à cette école libre, savante, spirituelle, il assouplit son
génie et se prépare ainsi à entrer glorieusement dans la
carrière qu'il a parcourue avec tant d'éclat.

Ce qu'il convient de rechercher, en esquissant cette
étude rapide sur Poquelin, ce sont les causes qui ont
grandi son talent. Il importe fort peu qu'il soit né en 1622
et mort en 1675; que son père fût tapissier du roi; qu'à
quinze ans il ait été envoyé au collége de Clermont, où il
fit de brillantes études; ces détails sont partout. Nous
devons principalement remarquer les impressions qu'il
reçut après sa sortie de l'école. Nous avons déjà dit l'influence que durent exercer sur lui ses amis; nous devons
ajouter qu'à l'âge de vingt-un ans il accompagna Louis XIII
dans le voyage que ce monarque fit en Languedoc. Au
sein de cette cour turbulente, il dut étudier les courtisans
souples, flexibles, rampants aux pieds d'un trône d'où
tombaient les faveurs. Le masque de l'hypocrisie dont se
couvre l'homme qui veut tromper ses semblables, il l'ar-
racha et il contempla le visage et le cœur des tartufes
dans leur effrayante nudité. Que cet observateur profond
dut pénétrer mystérieusement dans ces cœurs pour pouvoir les retracer ensuite sur la scène dans ces inimitables
comédies! Quelle sageste et quelle réflexion dans cet
esprit! Que de temps ne lui a-t-il pas fallu pour asseoir
son jugement si ferme touchant les hommes et les choses,
et pour peindre avec tant de sagacité des caractères si
divers!

Molière a saisi le fond et l'objet de la comédie qui doit
reproduire la philosophie, l'histoire de la société et surtout les travers, les défauts, les ridicules, les vices des

hommes et les livrer à la risée et à la censure du public. Mais pour atteindre ce but, il faut nécessairement s'identifier avec eux. Voltaire, cet esprit si malin, si caustique, si railleur, a été inférieur dans cet art; c'est que, sans doute, ce grand tragique était trop superficiel, et s'il pouvait rapidement saisir les opinions humaines, s'il avait une facilité prodigieuse pour les tourner en dérision, il ne possédait pas l'esprit profond, pénétrant, qui sait se replier sur lui-même, réfléchir longuement sur les caractères et sonder, pour ainsi dire, tous les secrets de l'âme. La tragédie exige bien la connaissance du cœur humain, mais à un moindre degré, parce qu'elle s'occupe des grands évènements et parle le langage des grandes passions; elle s'échauffe, s'anime par des éclairs d'inspiration qui éblouissent, entraînent les spectateurs en frappant fortement leur imagination, par la terreur ou la pitié. La tragédie demande donc surtout le travail de cabinet; la comédie, le contact des hommes : car pour bien peindre, il faut avoir l'image devant soi.

Poquelin, comme Shakespeare, et d'autres auteurs, fut comédien et débuta au théâtre sous le nom de Molière. Cette substitution nominale eut sans doute pour motif le préjugé qui à cette époque pesait sur cette profession : si Molière fut acteur, c'est parce que la connaissance pratique de la scène lui parut nécessaire pour mieux approfondir toutes les ressources de son art : il aperçut ainsi tous les ressorts auxquels il devait imprimer le mouvement, il devina tous les secrets qu'un auteur éloigné du théâtre ne peut connaître et dont l'ignorance déprécie son œuvre, malgré la perfection du plan, l'habileté de l'intrigue et la pureté de la forme. Molière se consacra tout entier à sa mission, et de sa conduite sort un grand enseignement : c'est que, pour atteindre la gloire, au théâtre comme ailleurs, il faut s'immoler, s'absorber entièrement dans son travail et y concentrer toutes ses forces; alors, en dépit des déclamations mensongères et des attaques des jaloux, le génie peut aspirer à un nom vainqueur du temps et de la jalousie.

Si on veut connaître l'histoire morale du grand siècle, il suffit de lire Molière : ses comédies en sont l'expression fidèle, on y voit au naturel les philosophes, les médecins, les femmes d'alors, malgré une légère teinte d'exagération qui rend le portrait plus piquant. Notre auteur savait que plaire et amuser étaient une des conditions du succès, mais qu'un mérite plus grand serait de donner sans pédantisme d'utiles enseignements. Il connaissait l'antique maxime : *corriger les mœurs en riant*. Toutefois, l'esprit comique de Molière n'est pas cet esprit trivial et grossier qui court les rues et qui, par des jeux de mots, fait rire la foule à gorge déployée : son esprit est la quintessence, la fine fleur de l'esprit français qu'on trouve dans Montaigne, Voltaire, Béranger, Musset, écrivains doués d'une verve gauloise, d'une naïveté charmante qui tend à disparaître dans l'aridité et l'étude aujourd'hui dominante des sciences exactes.

Les dénouements de Molière sont quelquefois faibles; mais par quelles beautés ne rachète-t-il pas ces petits défauts? Ses pensées sont presque autant de maximes qu'on peut comparer à une foule de celles qui fourmillent dans le fabuliste. Les comédies de Régnard, de Destouches et généralement de tous les auteurs comiques, n'ont pu arriver au premier rang, parce qu'elles ne sont que l'expression plus ou moins faible et superficielle d'une phase sociale, d'une époque agitée ou en proie à l'ignorance et à l'erreur; tandis que Molière, prenant ses idées dans l'observation d'une génération grande, éclairée, est devenu et restera le miroir fidèle de tous les siècles. Son inépuisable fécondité étonnait Boileau qui lui demandait où il trouvait la rime avec tant de facilité? Ce législateur du Parnasse ne put s'empêcher de dire à Louis XIV, que le plus grand écrivain de son siècle était Molière. Quelle harmonie de style et qu'elle précision dans *Tartufe*, dans les *Femmes savantes*, et dans tant d'autres pièces. Sans doute, on rencontre parfois des trivialités; mais elles sont si parlantes, si vraies, qu'on doit les lui pardonner. S'il est aussi des choses qui nous choquent, transportons-nous, par la pensée, à l'époque où Molière écrivait. Où étaient alors les grands modèles? Au début du siècle, la politique et les guerres absorbaient les esprits; Corneille avait paru, il est vrai, et faisait revivre dans d'immortelles tragédies les héros de l'antiquité, dont la valeur pouvait enflammer l'enthousiasme guerrier de la nation. De la magnanimité de son cœur s'échappaient souvent des transports et des accents sublimes, et la grandeur de son génie ajoutait à la grandeur de ses personnages. Mais tel n'était pas le genre de Molière. Son goût l'appelait à suivre une autre voie; il la suivit en effet et avec un tel succès, que ses études des caractères firent oublier en partie les discussions politiques, parce que, philosophe profond, il tenait la plume d'un poète et qu'il charmait la nation, surprise d'entendre tant de vérités exprimées en si beaux vers.

Comme Aristophane, il possède le fouet de Némésis, avec cette différence que le comique grec dirigeait tous ses traits contre un seul individu pour le flageller et le clouer au pilori de l'animadversion publique; au lieu que Molière a généralisé sa critique. Aussi les pièces du comique grec n'ont-elles plus pour nous le vif intérêt que leur donnait le lieu, l'époque, le personnage qui en était l'objet; au contraire, celles de Molière n'ayant été inspirées ni par l'esprit de vengeance, ni par aucune passion, feront éternellement les délices des lecteurs.

Nul écrivain ne nous paraît avoir plus d'analogie avec lui que Plaute, qui fit revivre à Rome le théâtre célèbre de la Grèce. A l'instar de notre auteur, Plaute se moque de tous les vices; il attaque tantôt ceux du riche, tantôt ceux du pauvre; pour être populaire, il parle le langage de la foule; par son esprit, il déride le front des patriciens et des plébéiens; en ridiculisant des types communs, il devient national, et il profite de sa popularité pour donner au peuple des leçons de morale et de sagesse.

Molière a fait de nombreux emprunts au théâtre de Plaute; il lui doit *Amphytrion* et presque tout *l'Avare*, et quoiqu'il n'ait pas dédaigné d'imiter Térence dans les *Fourberies de Scapin*, son esprit n'avait pas beaucoup d'affinité avec ce poète élégant, harmonieux, mais froid et dépourvu de cette verve incisive et entrainante qui caractérise Plaute.

Molière a puisé à la fois chez les comiques de la Grèce et chez ceux de l'Italie ancienne et moderne. Son axiome était : *Je prends mon bien où je le trouve.* Quand une vérité peut être utile et qu'on l'exploite dans l'intérêt général, on est créateur, comme l'artiste qui s'empare d'un bloc de marbre, le taille, l'embellit et lui donne toutes les suavités de contour que l'art et le génie peuvent inspirer.

Le moraliste qui a le plus de ressemblance avec notre comique est Labruyère. Dans un long contact avec une société élégante et spirituelle, Labruyère est parvenu à acquérir une rare connaissance de ses goûts et de ses modes; il nous transmet ses réflexions dans des portraits piquants qui brillent par la finesse et le naturel; il nous présente la vérité d'une manière saisissante, loin de l'exagérer outre mesure, comme Rabelais et quelques auteurs comiques; s'il n'a pas la profondeur de Montaigne, il a toujours une sagacité merveilleuse qui dégénère quelquefois en subtilité et y prend une légère teinte de misanthropie. Quoiqu'il ne soit pas indépendant comme Molière, novateur comme Bayle, pas même philosophe à la manière prudente de Fontenelle, il est un remarquable moraliste : il a peint les hommes de son siècle dans de si vastes proportions, qu'il a dessiné l'humanité tout entière. Labruyère a souvent des pensées d'une valeur si générale, si absolue, qu'il n'embrasse pas seulement le présent, mais même l'avenir ; aussi il instruira toujours sur la morale, et tous ceux qui le mettront à profit éviteront le ridicule, que le monde prodigue si facilement. Il est du petit nombre des écrivains qui font penser le lecteur et qui lui apprennent à penser. Comme Vauvenargues, il ne touche presque jamais aux extrêmes, tandis que peu de moralistes sont restés dans les limites du vrai. Larochefoucault, esprit chagrin et morose, en laissant de côté tout ce qui est propre à l'annoblir, ne nous montre l'homme que sous un point de vue vil et repoussant : si son système était fondé, il serait douloureux de le comprendre ; car, n'inspirant ni vertus, ni pensées généreuses, il ne pourrait être que funeste. Pascal, ce génie vigoureux, mais sombre, plonge dans la torture les âmes timides et craintives qui le méditent. Montaigne amuse, divertit ; mais il ne console pas, il ne fortifie pas le malheur : il lui manque une aspiration vers Dieu. Rabelais, sous le masque de la folie, laisse percer une profonde sagesse ; mais il se moque de tout ; il semble ne rien prendre au sérieux ; il ne fait pas autorité. Swift et Voltaire ne peuvent être approuvés, car ils désespèrent ; si l'on suivait jusqu'au bout la chaîne de leurs idées, si l'on croyait aveuglément à Voltaire et à Swift, qui nous présentent le monde comme une prison remplie d'esclaves qui s'entretuent, on n'aurait qu'un parti à prendre : quitter bien vite cette caverne de brigands.

Molière surpasse tous les moralistes anciens et modernes, parce qu'il sait par sa douce ironie nous faire mépriser le vice et respecter l'homme. Plus philosophe que Lucrèce, plus profond que Montaigne, plus vrai que Racine dans la peinture des mœurs, il a vénéré les croyances et toujours soutenu les vérités primordiales qui semblent attachées à l'organisation des sociétés. Il n'a lancé ses traits que sur les vices et les ridicules. Si les philosophes n'ont pas été à l'abri de ses attaques, c'est que son esprit était trop judicieux, trop éc'airé, pour pouvoir écouter sérieusement des sophistes superbes qui prétendaient tenir la vérité dans leurs mains. Son jugement était trop sûr, trop positif, pour ne pas sourire des vains systèmes philosophiques qui ont régné tour à tour sur les intelligences et qui n'ont produit que des conflits, depuis Platon jusqu'à Descartes. Comme il se moque finement du savant Pancrace, qui ne pense que dans et par Aristote et qui s'emporte et se bat pour des mots ; du pyrrhonien Marphurius, qu'on consulte sur un sujet délicat et qui reste systématiquement dans le doute jusqu'au moment où il éprouve des châtiments corporels ; du prétendu sage qui, pour porter à la patience, cite le Traité de la colère de Sénèque, et se laisse ensuite entraîner à une violente exaspération. Voilà les radoteurs plagiaires des rêveries antiques qui auraient été heureux, comme l'Astolphe de l'Arioste, de retrouver leur raison dans la lune ; voilà, dis-je, ceux que Molière a fustigés et livrés à la risée publique.

Il a également ridiculisé les médecins : il a été avec raison l'ennemi d'une médecine exercée par des empiriques ; il s'est moqué des Diafoirus qui félicitent leurs fils de combattre les vérités les plus démontrées ; il a enfin voué à un ridicule éternel tous les Sangrado qui contestent le progrès.

J.-J. Rousseau, dans sa *Lettre sur les spectacles*, a adressé à Molière un reproche qui, s'il était fondé, en ferait un auteur dangereux ; car il prétend « qu'il s'est moqué de la vertu d'Alceste, qui est un homme droit, sincère, estimable, un véritable homme de bien. »

Rendre l'homme meilleur, tel a été le but de Molière ; les avares et les précieuses, il les a poursuivis de son ironie ; l'hypocrite, il l'a couvert de confusion et de mépris et il n'a jamais profané la vertu d'Alceste, qui est respectable ; mais en mettant en relief le ridicule d'une vertu mal comprise, sans ternir son éclat, il a su habilement tourner en dérision l'abus, la sotte vanité de sa sauvage misanthropie.

Si tous les hommes n'étaient pas plus civils qu'Alceste, ils pourraient bien être tentés d'aller habiter les forêts.

« Qui peut disconvenir, ajoute-t-il plus bas, que ce Molière même, des talents duquel je suis plus admirateur que personne, ne soit une école de vices et de mauvaises mœurs, p'us dangereuse même que les livres où l'on fait profession de les enseigner. »

Parmi les caractères bizarres que Molière met en scène, il se trouve toujours des esprits droits, sages, partisans du juste-milieu, qui leur prouvent leur folie. Philinte cherche à démontrer à Alceste le ridicule de sa sauvagerie ; Henriette, à des femmes pédantes, la stupidité de leur conduite ; Don Louis à Don Juan, son peu d'honneur ; Béralde à Argan, l'idiotisme de son hypocondrie ; les frères sont, le plus souvent, chargés de rappeler la sagesse à ceux qui s'en écartent ; et si on réunissait les divers conseils qu'ils donnent, on formerait un code charmant de philosophie rationnelle à l'usage des gens du monde.

Rousseau, pour prouver l'inutilité de la comédie, continue ainsi :

« Imaginez la comédie aussi parfaite qu'il vous plaira ; où est celui qui, s'y rendant pour la première fois, n'y va pas convaincu de ce qu'on y prouve. »

Un Orgon prévenu pour un Tartufe ; un jaloux qui ne voit la continuation de son bonheur que dans une odieuse tyrannie ; un avare qui croit trouver tous les biens dans un trésor qui sera son éternel tourment ; un mari faible sous l'étreinte du despotisme d'une seconde femme artificieuse, qui lui fait haïr ses premiers enfants et qui le flatte pour le dépouiller. Tous ces gens ne sont pas convaincus des faits qui vont se passer sous leurs yeux, et qui les feront certainement réfléchir :

« Le théâtre instruit mieux que ne fait un gros livre. »

Rousseau était trop prévenu contre les hommes, pour pouvoir juger celui qui les a si bien sondés.

Peinture toujours fidèle de la nature, vérité toujours pure, fruit de l'expérience, voilà Molière. Tel il a paru à ses contemporains, tel il est encore aujourd'hui et il le sera toujours : car si les goûts se modifient, si les ridicules changent ainsi que les préjugés, le cœur humain reste le même, et comme l'a dit l'ingénieux Fontenelle, *tout l'homme est dans le cœur.*

Molière est le philosophe qui a réuni le plus de vérités et qui a le mieux su les faire saisir. Il a compris la susceptibilité de la nature humaine, qui ne supporte pas qu'on lui dise ouvertement certaines vérités, mais qui goûte la morale présentée sous une forme légère et comique. Horace, le poète du plaisir, des grâces et de la raison, le Voltaire du siècle d'Auguste, put flageller en riant, et expirer doucement au bruit des cascades de Tibur. Lucien, en face du paganisme croulant avec les institutions romaines, dirigea sa verve chaleureuse et incomparable contre les hommes et les choses, et, à l'aide d'une critique amusante, parvint à triompher de l'envie et de la persécution.

Ceux qui ont présenté la vérité toute nue, n'ont rencontré, le plus souvent, que dédain, mépris et quelquefois l'exil. Juvénal, le Tacite de la satire, et le malheureux Gilbert, ne reçurent de Némésis, le premier qu'un asile inhospitalier dans les sables de la Lybie, le second qu'un misérable grabat à l'hôpital.

Molière nous a montré la route du bonheur, et pourtant

il ne l'a jamais trouvée pour lui ! Dans sa vie privée, il était en proie à toutes sortes de chagrins. Ce grand philosophe fut outragé par une Célimène frivole et coquette. Au reste, qui ne sait que les hommes qui ont attiré sur eux les regards du public, n'ont pu ordinairement s'affranchir de la souffrance ; cela se conçoit, abstration faite de l'agitation produite par la composition ; et par la perspective d'une critique jalouse, ils sont tourmentés par l'indicible besoin qu'ils éprouvent d'atteindre l'art dans tout l'idéal qu'ils ont rêvé. Cet ardent désir de la perfection leur occasionne des sensations à la fois pénibles et agréables... Peu de poètes, peu de génies sublimes ont été heureux ; Virgile était triste et mélancolique ; Dante, toujours sombre ; Le Tasse, agité par une imagination trop vive, par une méditation trop profonde, fut même persécuté par des hommes cruels ; Galilée, jeté dans des cachots ; Descartes, poursuivi jusqu'en Suède ; Rousseau, le seul écrivain du xviiie siècle qui ait mis son âme ardente, son cœur sensible dans ses productions enthousiastes, ne cessa d'être malheureux. Il semble que la fatalité ait voulu montrer à tous ceux qui étonnent le monde par leurs talents, que s'ils sont par leur génie au-dessus du vulgaire, ils s'en rapprochent toujours par un côté qu'il ne leur est pas permis d'oublier qu'ils sont hommes, et encore moins de s'enorgueillir de leur supériorité.

Pour nous, qui apprenons à vivre, à penser dans leurs écrits, sachons les honorer pendant leur vie, leur prodiguer les éloges, leur jeter des fleurs ; et après leur mort, chérir leur mémoire en les relisant sans cesse.

Lisons Molière, et nous puiserons dans ces fortes lectures des leçons de morale et le moyen de devenir meilleurs. Nous trouverons dans ses écrits l'image fidèle de nos défauts ; nous pourrons ainsi arriver à la connaissance la plus précieuse et la plus recommandée par les anciens, celle de nous-mêmes. Molière, comme la nature dont il est l'interprète, nous paraîtra toujours jeune de *gloire et d'immortalité;* on peut dire de lui ce qu'on a dit de La Fontaine : *il peignit la nature et garda ses pinceaux.*

L'Académie française ne l'ayant pas reçu dans son sein à cause de sa profession, lui a rendu, longtemps après sa mort, un éclatant hommage, en gravant au-dessous de son buste le plus magnifique éloge qu'elle ait jamais décerné à aucun de ses membres ; il est contenu dans ce vers par où nous terminons cette étude :

« Rien ne manque à sa gloire, il manquait à la nôtre. »

Toulouse, imprimerie Jean Pradel et Blanc.